여름 가고 여름

민음의 시 313

여름 가고 여름

채인숙 시집

민음사

자서(自序)

8000일을 한 계절 속에서
햇빛과 비를 견디는 동안

사람을 만나면 차가워지고
혼자 남았을 때는 지나치게 뜨거운
병을 얻었다.

모든 시는 병의 흔적이다.

다음 생엔
비가 와도
비가 가도

울지 않고
집을 지키는
미낭까바우의 여자로 태어나리라.

2023년 4월
채인숙

차례

I

II

III

IV

I

디엥 고원

열대에 찬 바람이 분다

가장 단순한 기도를 바치기 위해
맨발의 여자들이 회색의 화산재를 밟으며
사라진 사원을 오른다

한 여자가 산꼭대기에 닿을 때마다
새로운 태양이 한 개씩 태어난다

무릎이 없는 영혼들이
사라진 사원 옆에서 에델바이스로 핀다
몇 생을 거쳐 기척도 없이 피어난다

땅의 뜨거움과
하늘의 차가움을 견디며
천 년을 끓어오르는 화산 속으로
여자들이 꽃을 던진다

어둠의 고원을 거니는 만삭의 바람이

여자들의 맨발을 어루만진다

똑같은 계절이 오고 또 가고
안개의 진흙이
제 몸을 돋우어 사원을 짓는다

모두가 신은 없다는데
나는 오늘도 기도가 남았다

인디언 오션

열아홉의 너는 부기스의 마지막 해적이 되어 마카사르 항구를 떠났다 오래된 보물을 싣고 심해를 건너는 범선에는 일곱 개의 돛이 달려 있었다 몇 줌의 육두구를 쥐고 별과 달이 그려 주는 항해도를 따라 바다 위에서 갈림길을 찾았다 뱃머리에 앉아 몇백 개의 화살촉을 다듬다가 해가 저무는 것을 바라보는 날이 많았다

용감한 해적이 되기 위해 고독이 필요한 것은 아니라는 사실을 깨닫고 크게 웃음을 터뜨렸다 어디에 닿기 위해 닻을 내려야 하는지 몰랐으므로 비틀을 나눠 씹던 여자에게 편지를 적을 수 없었다 그때마다 바다는 커다란 우표처럼 출렁거렸다

밤이 오고 밤이 갔다 화살촉을 문질러 여자에게 줄 목걸이를 만들어도 아무도 말을 걸지 않았다 심해에 이르자 비틀을 씹던 붉은 이를 드러내며 여자가 환히 웃었다 여자의 드러난 젖가슴 위로 화살촉 목걸이를 걸어 주고 다시 잠이 들었다 바다 위로 백만 개의 별이 뜨고 다시 졌다

그리운 바타비아*

— 1945

화란의 여자들이 차양이 넓은 모자를 쓴 채 하얀 자전
거를 타고 파타힐라 광장을 빠져나간다 항구 바깥에는 별
의 방향을 따라 바다를 항해하는 목선들이 긴 열을 이루
며 잠에 들었다

어둠의 극장에는 일찍 늙어 버린 배우들이 모여 도망
자들을 위한 연극을 만든다 늦은 저녁을 먹으며 북동의
식민지에서 왔다던 청년의 이야기를 한다 어린 아내를 두
고 온 그는 다시 돌아가지 못하는 고향을 생각하느라 밤
새 울었다고 그러다 잠자리를 밀고당한 것이라고 수용소
를 탈출한 그를 찾아 병사들이 그림자 극을 공연하던 와
양 극장을 덮쳤다고 그건 아주 순식간의 일이었다고 청년
은 화란인의 빨래를 다려 주는 여인의 사랑을 거절했다고

광장 모퉁이에서 사산도를 연주하던 노인은 중세의 문
양들이 어지럽게 그려진 천막으로 들어가 끝내 돌아오지
않은 옛 애인의 이름을 문신으로 남겼다 손목에 새겨진
검은 먹선의 그녀와 이별 수를 점쳐 준 점술사를 위하여
너는 국수를 삶았다 발목에 쇠뭉치를 매단 채 키보다 낮

은 천장 아래서 서럽게 입을 맞추던 노인의 사랑은 한때 와양 극장의 아름다운 대본이었으나 무수히 실패한 사랑의 대사들만 젖은 면발이 되어 목구멍을 타고 넘었다

사랑을 잃은 날마다 밤은 더 깊어지고 자정이면 어김없이 배가 고팠다 그날도 그다음 날도 바타비아의 밤은 느리게 걸어왔다가 황급히 광장을 덮쳤다 그림자 극의 마지막 대사가 끝나면 배우들은 식은 국수를 먹으러 천막으로 들었고 너는 밤새 다림질할 빨래 바구니를 받으러 광장을 나섰다 누구도 사라진 그이들의 이름을 다시 부르지는 않았다 사람들은 습기의 무게를 견디느라 밤이 저지르는 어떤 더러운 사랑에도 눈을 감았다

당신을 위해 나는 어떤 사람이어야 했는가를 생각하는, 밤은 쓸쓸하다

* 바타비아. 자카르타의 옛 이름.

여름 가고 여름

시체꽃이 피었다는 소식은 북쪽 섬에서 온다

몸이 썩어 문드러지는 냄새를 뿌리며
가장 화려한 생의 한때를 피워 내는
꽃의 운명을 생각한다

어제는 이웃집 마당에서 어른 키만 한 도마뱀이 발견되었다
근처 라구난 동물원에서 탈출했을 거라고
동네 수의사가 대수롭지 않게 말했다

밀림을 헤쳐 만든 도시에는
식은 국수 면발 같은 빗줄기가 끈적하게 덮쳤다

밤에는 커다란 시체꽃이 입을 벌리고
도마뱀의 머리통을 천천히 집어삼키는 꿈을 꾸었다

사람들은 어떤 죽음을 목도한 후에 비로소 어른이 되지만

삶이 아무런 감동 없이도 지속될 수 있다는 것에
번번이 놀란다

납작하게 익어 가는 열매를 따먹으며
우리는 이 도시에서 늙어 가겠지만

꽃은 제 심장을 어디에 감추어 두고 지려나

여름 가고 여름 온다

밤의 항구

— 순다2

열일곱에 처음 배를 탔다는 사내가
해진 런닝을 걸치고
뼈가 굳어 가는 음악을 들으며
닭수프를 먹는다

젖은 옷을 별빛에 말리기 좋은 밤이다

술라웨시와 순다 열도를 오가며
돛을 올리고 바람의 방향을 잡는 사내는
커다란 원석이 박힌 반지로 점을 치고
대나무로 새장을 엮어 배 안에서 새를 키운다

항구에 도착하면
무슨 의식을 치르듯
더러운 빨래에 비누칠을 하고
등을 돌리며 떠나간
당신들의 이름을 하나씩 지운다

이유를 모르는 이별을 견디는 것은

배를 타는 사내의 숙명 같은 것이라고

바다에서 길을 잃는 것보다
육지에서 길을 잃는 일이 잦아진다고

세상에서 가장 많은 활화산과
세상에서 가장 많은 항구를 가진 나라에서
사내들은
쉽게 뜨거워지고
쉽게 실패한다

낡은 양은냄비에 담기는 어둠을 내려 보다
구멍 난 빨래를 수신호처럼 털어 말리는 밤

왜 나는 이리 천천히 늙어 가는 것일까

어떻게 사랑을 해도
목이 마르고
한꺼번에 지워지는 기억 같은 건 없다

네덜란드 인 묘지

이방인들이 그들의 묘지로 당신을 데려갔다
서둘러 이름을 새기고 하얀 나무 십자가를 세웠다
당신이 죽고서야 떠나왔다는 먼 나라의 당신 이름을 보았다

남은 생은 무덤에 이마를 대고 살아가야지
낡은 필름 돌아가는 소리를 내며 묘지 위로 햇볕이 내려앉았다

우리는 함께 잊자고 했다
잊을 수 있는 것들이 아직 있어서 좋았다

당신이 살았던 나라의 항구에는 계절마다 다른 꽃이 핀다고 했던가

하루가 시작되기도 전에 지쳐 버리던 아침
계절이 바뀐다는 건 어떤 것일까
끝내 알 수 없었고

화란의 말을 잊었으므로 돌아갈 수 없다는 편지를 쓰
지 못했다

눈 먼 자바의 물소처럼 소리를 죽여 혼자 울었다

무엇을 위해 떠나왔는지
누구를 위해 돌아가야 하는지
세월은 이유를 남기지 않고 흘렀다

당신만이 유일했으나
당신만이 죽었다

묘비 위로 푸른 이끼가 지붕처럼 덮여 갔다

나의 위로는 모든 당신이었으나
당신의 위로는 언제나 당신 눈물뿐이었다

밤의 그림자 극장

1

조글로 지붕으로 사나운 밤비가 들이친다 씨앗 무늬 사롱을 걸친 맨발의 남자가 하염없는 비를 바라보며 섰다 허리 뒤춤에 꽂은 단도에는 신비한 힘을 지닌 새 머리 모양의 손잡이가 달려 있다 램프에 불이 켜지면 밤의 장막이 네모반듯하게 접혔다가 사방 천지 둥글게 펴져 나간다

남자는 그림자 인형의 마지막 무두질을 끝냈다 물소 가죽을 오려 아홉 명의 신들과 다섯 영웅, 한 여자의 그림자 인형을 만들었다

자정이 오기 전, 영웅은 신들과의 전투에서 잃어버린 사랑을 되찾을 것이고 관객들은 졸린 눈을 번쩍 뜨며 박수를 칠 것이고 영웅은 연인의 사랑을 의심한 자신을 자책하며 장막 뒤로 사라질 것이었지만

비는 그칠 줄도 모르고
비는 그칠 줄도 모르고

악공도 가수도 기별 없이 찾아오지 않는 밤

2

우리의 그림자극은 오늘도 막이 오르지 않았습니다

깜보자 꽃송이가 뚝뚝 떨어지는 마당을 가로질러
마지막 나무 대문을 닫으러 갑니다

당신이 없어도 꽃이 피고 꽃이 지고
망고나무 그늘이 둥글게 자랍니다

밤이 만드는 암막은 우리의 무대였으나
나는 오늘도 그림자를 치켜들고 홀로 춤을 춥니다

빗물에 떠내려간 편지는 닿을 리 없고
당신도 없이 겨우 늙어 가고 있습니다

유파스나무 숲의 은둔자

숲은 어둠을 내장한다. 개미의 분주한 고독을 위해 나무는 하루 5센티미터씩 키를 키우고 뿌리는 가야 할 방향을 거슬러 땅 위로 솟아오른다.

18세기 홀랜드로 그림을 배우러 떠났던 화가는 나무와 나무 사이로 드러나는 긴 겨울 그림자에 끝내 적응하지 못했다. 방 안에 틀어박혀 지배자의 얼굴에 주름을 그리면서 고독과 고립의 처지를 설명하느라 병들고 말았다.

눈이 어두워지자 화가는 자바해를 건너 숲으로 돌아왔다. 유파스나무 줄기로 엮은 동굴 속에서 그림을 그렸다. 사랑이나 영원 따위를 발견하려는 어리석은 모험가를 만날 때마다 독이 든 즙을 발라 초상화를 그려 주었다.

그는 언제나 바람을 등지고 걸었다. 독을 품은 마음이란 그런 것이지. 한때 내 팔 위에 앉아 쉬었던 새들을 향해 한 점 눈물을 뭉쳐 독화살 촉을 겨누고 말아.

숲은 거대한 그림자 덩어리. 그가 사는 숲에서 구름은

발견되지 않는다. 구름에 놀랍도록 견고한 이름이 있다는 걸 아무도 알려 주지 않는다.

숲은 오늘도 은둔자의 검은 가운을 덮고 잠들었다.

무인도 시퀀스

17세기 미국 소설에서 보았던 가랑이가 찢어진 바지를 입은 소년이 눈을 찡그리며 멀리 바다를 바라보고 있었다
야자 잎으로 엉성하게 엮은 오두막 지붕에 햇볕이 총알처럼 들이쳤다
우리는 오두막에서 이십 미터쯤 떨어진 해변에 2인용 텐트를 치고 야생도마뱀을 찍으러 간 혼혈소녀와 감독을 기다렸다 기다란 카메라 스탠드와 조명 기구를 지키는 것이 나의 일이었다
줄담배를 피우는 소녀의 늙은 엄마가 아메리카의 고단한 일상을 이야기했다 골동품상을 하던 시아버지가 백인 며느리들을 제치고 자신에게 가게를 물려준 것이 몹시 자랑스럽다고 말했다
우리는 육지에서 가져온 비스킷 한 봉지를 뜯어 점심으로 먹었다
아잔 소리가 없어도 시간을 맞춰 기도를 마친 소년이 몇 번 앞을 지나쳤다
낮은 파도가 무심하게 밀려왔다 밀려갔다
소년이 바라보는 것은 수평선이 아니라 새우어장이라고 누군가 일러주었다 아무려나, 무언가를 오래 바라보는 것

은 그것의 중심을 지키는 일이지

나는 밤이 오면 남십자자리를 볼 수 있는지 물으려다 그만두었다

그대로 존재하여 좋은 것이 있다고 떠들썩하게 말할 필요가 없는 것들이 있다고 유배지에서 썼던 약용의 편지 한 대목을 떠올렸다

해가 질 때까지 우리는 서로에게 말을 걸지 않았다

저만치 떨어져 앉아 어둠이 바다를 지우며 거대한 비밀이 되는 순간을 묵묵히 바라보았다

나의 머나먼 무인도에 찢어진 바지를 입은 소년이 홀로 바다를 바라보며 서 있었다

나무어미*

술라웨시 섬 깊은 숲속에서
아이는 죽어서도
자란다

사람의 젖을 받아먹으며
신의 언어를 전하고

잇몸에 뼈가 돋기 전에
살과 피의 무늬를 거두었으나

나무어미의 몸에
사각침대를 들여놓고
순한 입술을 흔들어 부르는
자장가를 들으며
자란다

살아 본 적 없는 생은
여태 모두의 것이므로

모든 아이들은 자라서 어른이 되고
자신만의 대문을 가져야 하므로

눈을 감고
천천히
나무가 되어
자란다

저도
어미가 된다

* 인도네시아 술라웨시 따나토라자에는 아직 이가 나지 않은 아기가 죽으면 큰 나무의 몸통을 파서 무덤을 만들고 아기를 묻는 풍습이 있다.

해변의 모스크

느린 파도의 굴곡처럼
구부러진 등뼈를 가진 여자들이
발등을 드러낸 채
해변으로 들었다

모스크의 둥근 지붕처럼
하얀 히잡을 쓰고
표정을 잃은 채
바다를 향해 섰다

아무도 울지 않는 장례를 끝내고
옛날 예배당의 오르간 소리 같은
꾸란을 외우고 있었다

밀려오고
스러지는 것은
파도의 일이 아니라
바람의 일

예, 하지도
아니오, 하지도
못하고

당신을 놓는 일

푸른 상복을 걸치고
바다를 건너는 낙타의 등뼈에
여자들이
당신의 이름을 적는다

인도양의 저녁 해가
은빛 가루를 뿌리며
구원의 기도문을
써 내려갔다

아홉 개의 힌두사원으로 가는 숲

숲은 산길로 이어진다

오늘도 신의 이름을 알아내지는 못했다

어느 길에나 당신이 서 있고
어느 길에도 당신은 없다

돌멩이로 쌓은 층층의 기도문은
자바의 처녀가 억새풀 같은 머리카락을 날리며
말을 몰아 전하려던 몇 통의 편지와도 같았지만

어떤 시절의 편지도 아직은 수신인 없음

아홉 개의 힌두사원이 있는 산길을
신의 등허리를 타고 오른다

나를 놓치지 말아다오
사람들은 외롭지 않겠다고 사원을 지었던 거란다
두려운 것은 신이 아니라 외로움이거든

> 함부로 사랑하고
함부로 미워하였지만
한 번도 믿은 적은 없었던 이름이여

어떤 사랑도 다시는 나를 불러 세우지 말아다오

미낭까바우, 여자

여자는 여자에게
물소 뿔 손잡이가 달린 사다리를
물려주었다

바람을 가두어 벽을 쌓고
뾰족한 돛 모양의 지붕을 올렸다

물소 싸움을 구경하러
마을로 내려간 아이는
날이 저물어도 돌아오지 않았다

파파야 쓴 잎을 데쳐
저녁 밥상을 차리고
여자는
천천히 어둠을 만지며
사다리를 올랐다

낮의 실연과
낮의 어떤 모욕을 되삼키며

길 떠나는 남자의 등을
힘껏 밀었다

곧 허물어질 것들에만
생을 걸었다고

당신에게 도망치던 내 마음도
눈을 감고
저녁 지붕 위를 따라 올랐다

* 미낭까바우 족은 인도네시아 서부 수마트라 섬에서 모계사회의 전통을 유지하며 살고 있다.

언덕 위의 승방

— 보로부두르

어깨가 잘린 부처님들이 줄지어 앉은
언덕 위 승방에서

천년 동안 화산재에 묻혀 있던
검은 부처님들을 만났네

전생의 나는
사일렌드라 왕족을 위해
사원에 부조를 새기던
석공의 여자

머라피 화산에서
검은 돌 한 덩이를 이고

맨발로 사원을 걸어오던
고단한 오후가
홍채 속에 박혀 있네

당신과 나는

뻐르고 강이 흐르는 사원 옆에
살림을 차리고

밤마다 퉁퉁 부어오른
서로의 발을
씻겨 주고 있었네

어쩌면 나는
겨우 글자를 익혀
연서 한 장을 쓰고

재 속에 묻힌
당신을 따라 들었을까

우기의 검은 비가
스투파의 꼭짓점을 향해
쏟아질 때면

혹, 거기 모로 누워

울고 있는
나를 본 적이 있었는지

먼지와 재 속에 묻혀
천 년의 수행을 마친
검은 부처님들을 만났네

당신을 잃고
떨며 서 있던 자리였네

II

다음 생의 운세

다시 태어나면 살던 마을을 떠나지 않으리
지붕 낮은 집에서 봄을 맞고 여름을 보내고 가을을 기다리고 겨울을 지나리
뒷산에서 주워 온 나무 둥치로 의자를 만들어
눈이 멀도록 저녁놀을 보리
가지런히 발을 모으고 앉아 먼 나라의 당신이 보내온 엽서를 읽으리
내 몸을 움직여 돈을 벌고
아이들을 낳아 늦가을 볕 같은 곁을 내어 주리
사랑에 실패하고 우는 아이 옆에서 함께 훌쩍이며 눈물을 훔치리
누군가 떠났고 누군가 돌아온다는 소식은 천변에서 들으리
혼자 기다리는 일을 두려워하지 않으리
아, 내 어린 날의 바닷가 마을에 다시 태어난다면
수심을 헤엄쳐 바위 틈에 낀 성게를 줍는 해녀가 되리
봄 쑥을 캐고 생미역을 잘라 먹으며 웃는 날이 많으리
쉬는 날에는 문구점에 들러 색 볼펜을 고르고
책상에 앉아 밑줄을 그어 둘 문장을 찾으리

시를 쓰는 것은 안부를 묻는 것이었다고
먼 당신에게 편지를 쓰리
어릴 적 사투리를 고치지 않으리
친구들이 알아듣지 못하는 이국의 언어로 말하지 않으리
꿈에 속아 짐 가방을 싸는 일은 다시 없으리
나무캥거루와 쿠스쿠스의 서식지를 멀리서 그리워만
하리

사는 곳이 고향이 되는 법은 없었으므로

옛집의 언정

1

우물 옆에 목련 나무가 서 있는 집에 오래 살았다

바다를 건너온 일본인들이 지었다는 기생집은 마루가 깊고 방이 많았다

부엌 옆에는 천장에 닿는 커다란 석빙고가 서 있고 마당 한켠에는 안방만 한 목욕탕이 따로 있어서 동네 아저씨들이 큰골에서 잡힌 산짐승을 손질했다

그 집에서 언정은 여상을 다니며 주산을 놓았다 구만이요 이십칠만이요 저녁마다 숫자들이 낮은 허밍으로 우물가를 흘러다녔다

주산 연습이 끝나면 날마다 울고 싶은데 어떻게 울어야 하는지 알 수 없다고 둥근 글씨로 원고지에 시를 적었다

나는 주황색 주판알 가운데를 지우면 원고지 몇 칸이 될까 생각하면서 마루에 앉아 비 구경을 했다

우물 안으로 목련이 떨어지고 손등으로 파르르 소름이

돋았다

2

모든 거리의 이름들이 경음으로 시작되는 자바 섬 동쪽에서 옛집과 마주쳤다

오래된 나무 대문을 밀고 들어가 목련 대신 하얀 깜보자 꽃송이가 뚝뚝 떨어지는 마당에 몸이 굳은 채 물끄러미 서 있었다
키가 낮은 우물에는 둥근 나무 뚜껑이 굳게 닫혀 있었다

어깨까지 곱슬머리를 늘어뜨린 사내아이가 혼자 구슬치기를 하고 있었다
말을 시켜도 얼굴을 들지 않는 아이였다
자바에선 구슬을 가두는 선이 세모가 아니라 반듯한 네모였다

기이한 슬픔이 목울대를 치고 저녁 그림자가 초조한 걸

음으로 사라졌다

3

발달장애를 앓는 사내아이를 키우던 그녀가 새벽 기도를 다녀오다 길 위에서 죽었다는 전화를 집 앞에서 받았다

때로 풍경은 어디론가 흘러가다 목이 메어 멈추어 선다

4

옛집은 어디서 우리를 잃고 울고 있을까

격자무늬 창문

연락이 닿지 않는 사람들의 이름표를 적네

촌스러운 옛날 크리스마스 카드 같은
마지막으로 훔친 대학도서관의 시집 같은

지퍼가 고장난 여행 가방은
네덜란드풍 격자무늬 창문 아래 놓여 있네

고향보다 크리스마스 섬이 더 가까운데
올해도 가 볼 엄두를 내지 못하고
12월이 왜 겨울이 아니냐고 묻는
너에게 답장을 하지 않았네

한일합섬 야간 여상 어둔 창문 밑에서
졸음을 눌러 쓴 너의 편지를 꺼내 들고

먼 시간의 바깥을 서성이다
타향으로 돌아오네

창백한 유리창에 붙은 어린 도마뱀의 울음처럼
저녁은 감당할 수 없이
지린 습기의 냄새를 풍기네

격자무늬 창문마다 다른 풍경이 저물고
여행 가방은 입을 다물지 못하고 우네

더 이상 나빠질 것조차 남아 있지 않다고
보내지 못한 편지를
먼지 가방 속에 구겨 넣었네

이사

우리는 은색긴팔원숭이와 수마트라호랑이의 안부를 걱정하며
작별하였다

해안선이 무너져 가는 남국의 대도시에서
하멩꾸부워노 왕조가 21세기를 다스리는
공화국 속 특별자치구로

지붕이 없는 트럭에 위태로운 짐을 싣고
하루를 달려서 도착한 마을에는
벼가 분홍빛으로 익어 가고 있었다

언제나 지나친 불안과
언제나 지나친 신파와
언제나 지나친 친밀함으로 무장하고

실패를 거듭하고
소문을 외면하고
역병을 지나쳐 온

> 열한 번째,
이국의 이사

생략하여 말하는 법을 익히는 동안
살림은 갈수록 줄어들고

마침내 나는 거짓말이 되어 사라지겠지

아픈 것을 미련하게 참는다고
나무라던 사람을 문득 떠올리다가
사나워진 마음을 엎드려 전등을 켠다

내가 당신에게 소식을 전할 수 있는 거리는
여기까지라고

이삿짐 사이에서 냄비 밥을 안치며
그제야 비로소 눈물이 났지만

독작

판다누스 나무 아래 누워 북국에서 온 차가운 술을 마신다

말루꾸에서 건너 온 바다 냄새가
후르륵 술잔에 내려앉는다

어제는 판단 잎을 오래 삶았다

무른 잎을 잘라 찹쌀밥 몇 개 뭉쳐 매듭을 묶고
남은 물로 머리를 감았다

오후 다섯 시면 서둘러 해가 지는
우기의 날들

나는 어쩌다 여기
홀로 앉아
술을 마시고

당신의 부랑은 어디서 끝이 나는 걸까

얼굴 가득 흘러내리는 땀을 훔치며
에밀리 브론테의 시를 읽는다

너 홀로 남겨져도
모든 존재는 네 안에 존재하리*

결정적 고백을
결정적 순간마다 놓치는 것은
그토록 격정 없는 내 생의 비밀이었지만

언제쯤이면
당신과 나의 아득한 시차는
한 잔 술에 뒤섞여 사라지고 말 것인지

* 에밀리 브론테의 시 「내 영혼은 비겁하지 않다」에서 인용.

냉장고가 없는 야채 가게

그 도시의 야채 가게에는 냉장고가 없고 인도와 차도가 구분되지 않는 길이 이어져 있다

가게 안에는 종종 밀림에서 탈출한 바퀴벌레가 엄지손가락만 한 날개를 털며 손님 어깨 위로 날아오른다

손님들은 무심한 얼굴로 바퀴벌레를 탁, 바닥으로 쳐내린다

냉장고가 없는 야채 가게의 나무 매대 위에는 말을 참는 것이 습관이 된 여자들이 나란히 누워 있다

양말을 신어 본 적 없는 발꿈치엔 물기 걷힌 뿌리야채처럼 주름이 쪼그라져 있다

여자들은 표준어를 쓰지 않고 같은 냄비를 주문하는 모임에 이국 여자를 초대하지 않는다

해가 저물면 나는 낮잠에서 깨어 누렇게 시들어 가는

파 한 단과 꼬리가 말라 가는 당근을 사 들고 인도와 차
도의 사라진 경계를 걸어 집으로 간다

시든 파 뿌리를 골라 스티로폼 화단에 꽂는다

도시에는 오래전부터 비가 오지 않는다

레이디 D

깔리만탄으로 이주한 중국인 조상을 가진 건너 집 여자의 눈 밑에 검은 섬이 떠 있다

그 옛날 여자의 할아버지의 할아버지가 계절풍을 타고 건너왔던 남중국해처럼 검고 짙푸르다

나는 화단 옆 수돗가에서 진흙이 묻은 슬리퍼에 비누칠을 한다

자바에선 비누를 사분이라 부른다

어릴 적 내 고향에서도 비누를 사분이라 불렀다

사분을 사분이라 부를 때마다 통영 앞바다 섬들이 비누 모양으로 둥둥 떠오른다

나는 손에 쥔 무른 비누를 문질러 여자의 뺨을 씻어 주고 싶다

여자는 라임 나무에 물을 주고 있다

나는 바람 드는 곳에 슬리퍼를 세워 두고 긴 고무호스를 꺼내 히비스커스 화단에 한 번 더 물을 준다

아마도 오늘 저녁 건너 집 여자의 남편은 세 번째 부인과 고향에서 결혼식을 올리고 있을 것이다

여자는 품위 있게 결혼을 허락했지만, 다음 날 아침이 되자 참을 수 없어 꽃병을 내던졌다고 집안일을 돌보는

먼 친척 아이가 힐끗 뒤를 돌아보며 전해주었다

여자와 여자는 각자의 고독을 물끄러미 바라보며 화단을 나온다

다정한 저녁이 여자의 목을 조이며 다가선다

천 개의 문

저녁 무렵 자바 섬 북쪽 항구에 닿았습니다

바람만이 문을 열고 드나드는 집에서
할머니가 물려 준 초록 레이스로
옷을 지어 입은 여자를 만났습니다

무엇도 되고 싶지 않았으므로
여자는 자라서
겨우 시를 쓸 수 있었다고 말했습니다

새벽 다섯 시의 창녀*처럼 시를 쓴다고
지친 얼굴로 웃었습니다

나는 당신에게 연애편지를 쓰려던
분홍 볼펜을 여자에게 주었습니다

슬픔과 슬픔이 만나
천 개의 문이 되는 집 앞에서
당신이 부르다 울었던

몇 곡의 노래를 떠올렸습니다

세월이 거짓말을 가르쳐 주었다고
쉽게 부서지는 것들만 사랑하였다고

천 개의 문고리마다
당신에게 보내는
첩첩산중의 마음이 걸렸습니다

* 에밀 시오랑의 글에서 인용.

우기의 독서

모든 이야기에는 먼지가 덮이기 마련이라네

옛날 시인의 달밤이 책꽂이에서 환하게 빛날 때
불온한 이름을 달고 세상을 떠돌고 싶었지

벤자민고무나무에 등이 켜질 때마다
먼 당신의 안부가 궁금하였고

당신이 일러 준 철자법을 잊을까
남은 이름들의 습기를 들이마셨네

읽어야 할 이야기가 남았으므로
여름은 거짓말처럼 사라지지 않았네

우기의 검은 곰팡이가 늑골 사이로 번져 가네

이토록 고요한 시절은 다시 없으리

너를 읽느라 평생이 지나가네

부조

내가 쌓은 마음에
내가 무너져 울었네

계절은 한 번도 표정을 바꾸지 않았고

자바의 검은 돌계단 위에서
당신은 나를 잃고
아름다워만 갔네

그린란드 상어

가끔 그 심해의 어둠을 생각한다

시력을 가질 일 없었던 너의 눈과
일 년에 일 센티미터씩 키를 늘리는 성장기와
느린 호흡으로 삼백 년을 헤엄치는 지느러미와

태어났다고도
죽었다고도
신고된 적 없는 생을

자와어를 쓰는 이웃집 할머니와
뜻 모르는 긴 대화를 나눈 날
적도를 지나는 인도양에 서서
그린란드의 귓속에 대고 물었다

영원이란 원래 없는 것이라는데
너는 어쩌면
몇 번이나 울며 이 바다를 다녀갔을까

본 적 없는 생을 붙들고 함께 우는 것
만난 적 없는 당신의 안부를 묻는 것

사랑이 그런 것이라 믿은 적 있다

시니*

잊어버렸지
당신도 이 바다에 온 적이 있었지만

빠랑뜨리띠스 검은 해변에서
나란히 앉아 마차를 타던 우리는

다시 얼굴을 마주 보고 앉으면
어떤 인사를 해야 하는지

헛된 추억을 불러오는 석양이
절벽을 적시고

놀란 당신은 입을 다물지 못하고
겁먹은 나는 입을 열지 못했네

서로에게 덜컥 잊혀진 거지

귀 옆으로 기차가 지나던
우리의 작은 방이 사라진 것처럼

> 말하지 못한 것은
말할 수 없었던 것

뜨거운 국물 같은 것을 먹으면
당신이 생각났다고

토라자 문양이 새겨진
티크 테이블에 앉아

그때 못한 말을
여태 삼키고 있었네

* '여기'라는 뜻의 인도네시아어.

금요일

— 샤리파 리 혹은 이민전

적도의 햇빛은 오늘도 부주의하게 요동친다

건너편 키산정원에서 벤자민고무나무가
공기뿌리를 늘이며 비명을 지른다

흙먼지가 묻은 철제 의자 옆
당신은 휠체어에 앉아
누런 표지에 얼룩진 꾸란을 읽고 있었다

회색 히잡 아래
가지런한 흰머리가
건기의 지평선처럼 아득하다

검은꽃이 핀 얼굴이라도
돌아가고 싶다면
기도소 골목을 걸어나오던
스무 살의 겨울 저녁

잊혀진다는 건

세월이 주는 모멸을 견디는 것이었지만

이제는 기도조차 모국어로 하지 않는다고

떠나온 나라의 폐사지를 걸어 나오듯
당신은 낡은 휠체어 바퀴를 매만지며
천천히 사원을 빠져 나간다

저녁 아잔 소리가
거친 이마 주름을 따라 흐른다

오늘은 금요일

III

내가 당신의 애인이었을 때

우리는 검고 단단한 한숨이 되어
밤마다 잔뜩 긴장한 글자들을 빈 칸에 채웠다

원고지는 고지서처럼 목을 죄었고
늙어 무엇이 되려나 생각하면
창백한 정물화가 떠올랐다

가난과 고향을 팔아서 시를 적는 일이 지겨웠지만
가난하지 않은 시인을 여태 본 적은 없었다

실패는 처절할수록 환하고
내일을 신뢰하지 않는 사람들과
자주 술을 마셨다

형용사가 되고 싶다고
일요일이 되고 싶다고
처마가 되고 싶다고
국도가 되고 싶다고
감자밭 고랑이 되고 싶다고

> 보내지 못하는 편지를 쓰는 것은
버리지 못한 일생의 습관이었다

내가 당신의 애인이었을 때
모든 아침은 급작스럽고
모든 이별은 태연했다

본 적도 만진 적도 없는 당신이 그리웠다

저질러 본 적 없는 죄를 꿈꾸고
언제나 쉬운 사람이 되려고 애썼다

눈물

당신의
속눈썹
끝

천 길
낭떠러지

나,
거기
매달려

부르지 못한
이름 하나
떨구네

제이

제이
너에게 숨 쉬는 법을 가르쳐 주고 싶었는데
울음의 방법만 잊히지 않는다

노랗게 뜨개질한 모자를 눌러쓰고
북아메리카의 기후 활동가가 쓴
유서를 읽은 후였기 때문이다

슬픔은 끝이 보이지 않아서 슬프고
울어야 하는 이유를 모르고 우는 사람들이 있다

제이
시 같은 것은 쓰지 말고
이야기를 만드는 자를 가까이 두지 말고
문득 사랑이 찾아와도 당황하지 말고
기도해서 얻는 것을 구하지 말고
행여 마음으로 찾아드는 병이 있거든 물리치지 말고
너의 우주를 떠도는 별들의 안부를 궁금해하지 말고

제이
너는 나의 간절한 뒤통수
출렁출렁 썩어 가는 슬픔의 거름으로
늑막 사이에 키우던 정원

레오의 별에서 밤을 보내고
달이 처녀의 눈을 덮는 밤이면
길고 검은 너의 그림자를 따라
겨울은 더 깊어가겠지만

제이
제이는 세상의 모든 제이

사랑을 몰랐던 시절에 낳아
우리가 함께 버린
고아였던 이름

까마귀가 나는 밀밭*

하루가 붉게 가라앉는다

한 번도 쩔쩔 끓는 마음을 보여 주지 못하고
애인과 이별한다

점술사는 애인이 나쁜 이름을 가졌다고 말했다
세상과 섞일 수 없을 거라고 했다

까만 군무의 한가운데를 휘저어 놓고
산 너머로 사라지는
저녁 까마귀의 비명처럼

불길한 울음 소리를 가진 동물들의 우화를
주말에 읽는다

신비주의자가 전한 허술한 희망에 기대
무언가에 닿으려 애쓰던 마음아
그만 나를 놓아 주기를

샛노랗게 부풀어오르는 밀밭 사이로
축축한 날개를 접는
내 사랑

나는 아직도 애인의 이름을 모른다

* 고흐의 그림.

굳바이, 시인

일 초도 남김없이 당신을 사랑하는 일에 청춘을 썼다 마지막 인사는 짧았고 후련했다 급히 도착한 버스 때문에 피우던 담뱃불을 비벼 끄듯 사랑은 끝났다 시인은 세상의 온갖 계획을 무너뜨리는 자였다고 플래너 노트에 기록해 두었다

구겨진 시들이 방 안을 뒹굴고 더러운 이불을 덮어 주던 별들의 눈두덩이 퉁퉁 부어올랐다
장미무늬 모포의 꽃잎이 한 송이씩 찌그러져 갔다

라디오 원고를 쓰는 밤의 일터로 날마다 출근하였다 원래 인생을 잘 설명해 왔다는 듯 원래 그런 노래를 즐겨 불러 왔다는 듯 오늘의 선곡에 맞추어 누명을 쓴 문장들이 전파를 탔다

집으로 돌아오는 버스 유리창에 머리를 쿵쿵 찧으며 똑같은 이별을 날마다 반복했다 쓰려던 것과 써야 할 것들 사이에서 사랑하던 것과 사랑해야 할 것들 사이에서

버스 밖으로 흰 눈발이 제멋대로 뒤엉키며 내렸다 빛이 사라지는 계절이 오자 이별하려는 것이 무엇인지 마침내 잊었다

비인

우리는 이마를 짚으며 등대 쪽으로 걸었네

서로의 눈에 가둔 어둠 속으로 천천히 들어갔네

낮은 파도가 밤의 팔뚝에 얼굴을 부빌 때
끝내 말하지 못하는 마음은
어디로 사라지는 걸까

책을 읽지 않아도 지혜로웠던 자들에게 묻고 싶었네

젊은 날의 모든 약속은
폭풍 전야의 구름 같은 것

언젠가는 모두 견딜 만한 기억이 될 거라고
철 이른 모기장에 맺힌 빗물처럼
내 눈에 눈물 고였네

어쩔 수 없어 쓰는 시가
봄 먼지처럼 수북하고

> 집으로 돌아간다는
엽서를 써 부쳤네

나보다 늦게 도착하는
마음이 있을까 두려웠네

노산여인숙

오후 세 시, 나무 대문의 낡은 문고리처럼 헐거운 낮잠에서 깨어난다

연안 바지선에서 돌을 나르던 사내들이 플라스틱 잔에 소주를 나눠 마시며 몇 마디 농을 지껄이다 항구로 돌아간다

주인 여자는 여태 나일론 이불 끝을 눙치고 있다 모서리마다 성긴 감침질이 흰 파도 물살로 일어난다

오후 내내 짠내를 품은 바람이 들이친다

건너편 공원으로 오르는 긴 계단을 종일 바라보는 늙은 시인은 아직 제 이름이 적힌 시집을 갖지 못했다

시가 되지 못한 시를 곁눈질로 읽을 때마다
왼쪽 귀의 이명이 바다 쪽으로 흘러간다

어디에도 내 방은 없지만

마음 얹힐 일은 아니지

대문은 낡아 가고
담장은 무너지고
낮잠 속의 꿈이 밤까지 서럽다

한 번도 나를 궁금해하지 않는 너를 견디느라 한 계절이 지났다

저수지 소네트

봄날 저수지 주변으로 소네트가 흐른다

나무는 맹목적으로 자라고
한때 내 사랑도 그러하였다

토끼풀 화관을 쓰고 사진을 찍는 어린 연인들을 바라보며
애인이 도망갈까 손을 잡은 채 싸웠다는 남자의 이야기를 듣는다

누군가를 향한 마음이 그토록 푸르게 울렁였다는 것이
모두 철 지난 슬랩스틱 코미디 같다

어떤 시절에는 너무 아파서 되려 웃는 적이 많았는데
당신에게 보내려던 편지 속 말줄임표처럼
꽃잎이 사방으로 흩어진다

지키지 못한 약속들 때문에 물빛이 어두워지고
서로에게 무엇이 되고 싶은지 알지 못해서

나무는 안간힘으로 그림자를 뻗는다

봄날 저수지에서는
당신에게
한 줄 기별을 넣어도 될까

손가락 사이로 돋는 푸른 새순을
못 본 척
눈 감는다

사루비아 화단

어떤 애타는 마음도 없이 여름을 지난다

너는 종소리처럼 아름다운 목소리를 감추고
먼지를 뒤집어 쓴 채 길가에 섰구나

숨통을 죄는 몇 가지 비밀을 가진 채 사람들을 만난다

예의를 갖추어 거짓을 말하면
그때마다 입술이 붉게 부풀어 오른다

불길한 심증은 여름 내내 구내염처럼 번지고
사랑한다고 믿었던 것들이 하나 둘 사라지고 있다

간절할수록 잊어야 할 것들이 많았다

비린내가 없다는 은어 떼들이 화단으로 달려들어
사루비아 꽃물을 쪽쪽 빨아먹는다

오랜 사람의 이름을 지우는 동안

여름이 지나간다

불운을 떨치기 위해 나무를 두드리는 시인*처럼
더 이상 농담을 모르는 자들과 내통하지 않으리

* 쉼보르스카의 시 「선택의 가능성」에서 인용.

장마

나무들이
안간힘으로 서서
기억을 잃어 간다

젖은 것이
이미 젖은 것들을
쓸어내리는 밤

오로지한 사람을 놓치고
너는,
열아홉에 쓰던 시처럼
사납게 울었다

북아현

하루에도 몇 번씩 출렁이며 기차가 지나는 여름날을 다리를 흔들고 앉아 견딜 수가 없었네. 동네에는 좁고 더러운 계단이 집집마다 놓여 있어 계단 끝을 오르면 선로를 탈출한 문장들이 소실점을 잃고 떠다니는 기찻길을 어느 창문에서나 만날 수 있었지. 해바라기가 이빨 빠진 씨방을 환히 드러내며 부끄러운 줄 모르고 서 있던 예술학교 담장 밑. 소주 병을 치켜든 스무 살 기집애가 카투사의 첫사랑을 부르며 우는 대낮이 질척질척 흘러갔네. 선풍기를 틀어 놓고 물구나무를 서다가 문득 무르팍이 시려오던 기묘한 여름밤. 밤에 쓰는 문장들은 기차 바퀴에 깔려 피가 묻었고 곤죽이 된 몸으로 새벽이 기어오는데 또 나는 무슨 시 같은 걸 써 보겠다고 죽을 힘을 다해 덜컹거렸지. 떠나왔어도 한 번도 그리운 적 없었던 북아현. 먼먼 그 여름은 언제나 길었고 사는 건 날마다 비명이었네.

골목

당신과 내가 함께 골목을 걷는다. 골목은 언제나 이름이 없다. 우리는 좁은 골목 어디쯤 멈추어 밥을 먹는다. 꾸덕하게 말린 조기를 노릇하게 구워 내는 백반집이나, 소주잔을 던지며 싸우던 작은 횟집이거나, 잘 섞인 만두소가 잘근잘근 씹히는 만둣집이거나. 골목 안에서 사람들은 들뜨지 않는다. 그곳에 조금 더 오래 머물기 위해 천천히 밥을 먹는다. 길가 쪽으로 창문이 난 식당에서 우리는 다정하고 조금 수다스럽다. 골목의 꼬리부터 천천히 물드는 밤을 바라본다. 우리는 함께 걷기 위해 골목을 나선다. 걸음이 빠른 당신을 따라 걷느라 창문 안쪽 사람들을 외면한다. 당신이 지나갈 때마다 골목은 어깨를 조금씩 들인다. 곤란한 듯 웃으며 그림자를 움츠린다. 골목 안에서 나는 당신의 여름을 의심하지 않는다. 골목은 언제나 거기 있고 사람들은 골목 끝에서 누구나 헤어진다. 당신은 호주머니에서 차가운 손을 꺼내 악수를 청한다. 골목은 자신의 골목을 조용히 닫는다.

IV

1989

대학 도서관에서 가끔 책을 훔쳤다
바코드니 전자출입증 따위는 없던 호시절이었다
스웨터 안쪽 바지춤에 시집을 두 권이나 꽂고
호기롭게 팔짱을 끼고 도서관을 나왔다
문학하는 길을 가르쳐 준다길래 대학을 갔는데
존경할 만한 스승도 없고 가슴 뛰는 수업도 없었다
다행히, 아까운 등록금을 조금이라도 보전하려면
책이라도 훔쳐야 한다고 가르쳐 준 친절한 선배가 있었다
지금도 내 책꽂이엔 대학도서관 스탬프가 선명하게 찍힌
누런 시집 몇 권이 무슨 전리품처럼 꽂혀 있다
나는 부끄러움을 모르는 맹랑한 도둑년이었다
김수영과 최승자는 늘 선수를 빼앗겼다
그때도 분했는데 지금도 분하다
아직도 버릇을 못 고치고 번번이 훔쳐 쓸 궁리를 한다

습작 일기

습작은 언제 끝이 나는가

엄마에게 들킬까 봐 한 번도 정직한 일기를 쓰지 못한 아이처럼
나에게 나를 보이는 것은 언제까지 불편할 것인가

언젠가 아버지는 한 번도 제대로 살아 보지 못했다고 낮은 목소리로 한탄했다

나는 한 번도 제대로 써 보지 못했다고 답하고 싶었지만
어차피 제대로 죽는 일이 남았다고 생각하자 입을 다물었다

연필로 목을 찌르는 것 말고도* 세상을 사는 방법이 있다고
책이 나에게 가르쳐 준 적 있었지만

그러나
늙어 가는 일 말고는 아무것도 남지 않았지만

내도록 써 온 시를
강물에 흘리고
돌아온 저녁

당신이 준 둥근 펜 중에서
가장 가늘고
가장 오래 우는
심을 꺼내
오늘의 습작일기를 쓴다

언젠가
나는
나의 습작을
시(詩)라고 부를지도 모른다고
쓴다

* 『자기 앞의 생』에 나오는 구절.

사시

열대의 뱀이 출연하는 다큐멘터리를 본다

촉수뱀은 땅을 짚는 사백 개의 갈비뼈와
물의 흐름을 읽는 두 개의 촉수를 가졌구나

다리가 없으나 온몸을 문지르며 바닥을 걷고
지느러미가 없으나 물에서 유영한다

자유롭고
날렵하고
모든 것을 쏟는다

나의 시는 언제쯤 그런 몸을 가질 수 있을까
아름다움을 향해 유연히 헤엄쳐 갈 수 있을까

곁눈질을 하다가
허공으로 고꾸라지는
참담한 순간들만
시로 온다

> 낭패만이
시가 된다

우주 허밍

오래 만나지 못한 너의 부고를 읽는다

네 마지막 편지는
겨울 햇살처럼 차고 명료하구나

가면 돌아오지 않는 거냐고
바보 같은 답장을 쓰다 지운다

우리가 다시 만나 사랑할 수 있는 거냐고
덧붙였던 말도 함께 지운다

너는 언제나 죽은 것들만 사랑했다

네가 서둘러 떠난 까닭은
그곳엔 죽어 버린 별들이 가득하기 때문이겠지

사람들이 모여
너에게 작별 인사를 한다

헬리오시스에 도달한 보이저 1호에 실린
쉰다섯 개의 언어처럼
모두 다른 인사를 한다

나의 가수여,
우리는 가사가 없는
마지막 노래를 부른다

안녕, 하고 두고 온 것들은
모두 안녕하신가

우주를 떠돌다
문득 나의 허밍을 듣거든
우리가 함께했던 젊은날처럼
희미하게 반짝이렴

여름 병동

밤마다 더운 비가 내린다
열기를 품고 떨어지는 비를 모로 누워 바라본다

시커멓게 탄 구름 한 점 목구멍에 걸쳐 있다

모두 잠든 밤에는
전자 벽시계의 숫자가 바뀌는 것을 자주 확인한다

우리 방에선 언제나 냉장고가 맨 나중에 잠들지

홀로 유령처럼 밤의 복도를 걷는다

뜨거워진 이마를 찬 손가락으로 누르며
어디론가 달아나는 영혼들

몇은 아직 아프고
몇은 벌써 이별했다

아침이 오면

옆 침대의 노인은 눈썹을 그리고
누군가 똑깍똑깍 손톱을 깎지만

내게는 작년 여름 강변에서 모기에 뜯긴 자욱이 아직 남아 있다

살아남은 자들만 링거를 타고 흐르는 빗방울을 맞는다

삼천포

항구 안쪽에는 쥐포를 말리는 공장들이 전범 수용소처럼 높은 벽을 두르고 서 있었다 겨울이면 수용소 담벼락 안 어둔 마당으로 쥐똥만 한 햇살들이 부지런히 굴러다녔다 얼굴을 마주쳐도 아무도 인사 같은 걸 나누지 않았다 낼모레면 중학교에 입학하는 여자아이들이 손바닥만 한 손잽이칼을 들고 젖은 쥐치의 껍질을 벗겨 내고 있었다 손가락이 잘린 목장갑이 까맣게 젖어 갔다 숙제를 해야 되지 않냐고 물어보는 엄마는 없었다 도라무깡에서 나무 장작이 빠지직빠지직 타들어 갔다 엄마는 나쁜 년이야 찌그러진 달덩이 같은 스티로폼 의자에서 벌떡 일어서며 짠내에 젖은 장갑을 벗어 던졌다 친구의 얼굴 위로 저녁해가 반점처럼 드리웠다 우리는 갈고리처럼 굽어 버린 손가락을 비비며 어제 읽다 만 소공녀를 읽으러 집으로 달려갔다 마지막 뼈를 도려낸 쥐치의 하얀 살점들이 그물막 위에서 동그랗게 말라 갔다

동대구행

아침에는 누룽지를 식혀 훌훌 마셨다

시편 몇 구절이나
남쪽 나라의 신화를 읽으며
당신에게 가는 기차를 기다렸다

양초 몇 개를 가져가고 싶었으나
불화하는 문장들을 적다가 지쳐
양초 가게를 그만 지나쳐 버리곤 했다

당신에게 가려고 기차를 타는지
기차를 타려고 당신에게 가는지
알 수 없었지만

날마다 서쪽으로 해가 지는 일은
퍽 위로가 된다고

차창에 머리를 기대면 종종 눈물이 났다

마지막 장마

구순을 넘기자 내 할머니 김말수는 절로 귀신이 되었다 마루 끝에 앉아 손뼉을 치며 찬송가를 부르다가도 동백나무에 붙어 사는 귀신에게 인사를 건넸다 오늘은 누가 죽겠구나 홀로 점을 치는 날도 있었다 볕이 좋으면 빨간 고무 목욕통을 마당으로 내고 커다란 우산으로 몸을 가린 채 천천히 목욕을 했다 우산살 밑으로 가파르게 솟아오른 오른쪽 등뼈가 흑백 사진 속 젊은 사회주의자를 증명해 주었다 국경으로 간다던 친구들은 뻗장다리를 하고 자주 꿈에 나타났다

내 할머니 김말수는 죽었다 8월의 뙤약볕이 내리쏟는 마당에 관이 놓였다 교회의 장로들이 몰려와 입과 코와 귀가 막힌 그녀 앞에서 기도를 했다 하나님의 자녀였던 김옥순의 이름으로 비석을 세워야 한다고 그래야 천당으로 들어가기 쉬울 거라고 큰 소리를 쳤다 목정강이를 타고 내리는 땀줄기 때문에 아버지는 아무에게나 고개를 주억거렸다 사나웠던 신념이 곧 무너질 꿈이란 걸 알자마자 김말수는 새벽마다 교회로 달려갔다 오직 하나님께 바치기 위해 이름을 바꾸었다

> 다섯 번이나 자식의 장례를 앞서 치른 그녀의 추도식이 끝나자 여름 소나기가 물매질을 하듯 모두의 머리 위로 쏟아져 내렸다 내 할머니 김말수의 살아남은 유일한 아들은 그칠 기미 없는 비가 자기 탓인 냥 비치적거리며 산을 내려갔다 내 할머니 김말수는 죽었다 누구도 기억하지 않을 잔속으로 얼룩진 생이었다 산을 내려온 우리들은 달라질 것 없는 각자의 삶을 향해 도망치듯 흩어졌다.

배드민턴 치는 저녁

해가 지면 가파른 고갯길을 오르며 어서 늙어 마당에서 배드민턴을 치자고 했다

네가 퇴근을 하면 내가 출근 준비를 하던 연립주택
지상과 지하에 어중간히 걸친 월세방처럼
내일은 엉거주춤 다가오지 않았다

중고 타자기를 한 대 살 수 있으면 좋으련만

몇 주째 미뤄진 월급 봉투와
낙태 수술 받으러 간 친구의 전화를 기다렸다

거미줄처럼 엉겨드는 시에는 저녁 구름을 저녁 울음이라 적었다

어제 꾸었던 꿈이 비에 젖은 구두 소리를 내며 처벅처벅 걸어왔다

어서 늙어 마당에서 배드민턴을 치자

노을에 젖은 셔틀콕이 붉은 장미 같을 거야

충치 같은 밤의 지하 계단을 밟고
당연한 꿈들이 당연하다는 듯 무너져 갔다

놀랍게도 우리는 살아 있었다

죽은 시인을 위한 낭독회

죽은 자와 산 자가
한 지붕 아래 동거하는 섬에서
우리는 만났습니다

당신은
오래 쓴 시를
숨어서
읽고 있었습니다

혼자 쓰고
혼자 지우는
시간을 견디는 사람들은
늘 등이 굽어 있고
매사 다정하기가 힘이 듭니다

쓰다가 멈춘 문장을
너무 많이 가졌기 때문이지요

우리는 검은 모래 해변을 함께 걸으며

저녁이 오면 세상의 온갖 색을 거두어들이는
빛의 노동에 대하여 이야기했습니다

어떻게 죽고 싶냐는 질문을 한 적은 없지만
시인은 죽어 가는 얼굴을 붉게 감추었습니다

누구에게도 읽히지 않는 시는 희망이 있는 걸까요

주목나무 아래 앉아
우리가 함께 읽지 못한 시를
혼자 낭독합니다

우리의 낭독회는
아무 관객이 없고
죽은 당신만이
박수를 쳤습니다

사량

머구리였던 아버지를 따라
열아홉이 되던 해부터 너는 배를 탔다
친구들이 하나둘씩 섬을 떠난 후
옥녀봉이 올려다보이는 어장 앞에 앉아
무협지를 읽거나 남몰래 로망스를 연습했다
하루종일 거친 욕을 입에 달고 살면서
육지로 나가면 삼 년째 병원에 누워있는
애인의 욕창을 정성스레 닦았다
가끔 돈도 밥도 안 주는 시를 쓰는
먼 나라의 친구에게 국제전화를 걸었다
애인이 이제 그만 떠나도 괜찮다 말했다고
좆나 속시끄러운 저녁이라고
침을 퉤, 뱉는 소리가 수화기 너머로 들렸다
그날 밤 내내
우리가 나란히 앉아
멀리 집어등 불빛을 바라보던
캄캄한 겨울 선창을 생각했다
붉은 아소카 꽃 같은 밤의 집어등을
남몰래 그리워한다고 말했다

여기 미친년 또 하나 있다고

너는 껄껄 웃었다

오늘도 쓰러져 울 곳을 찾지 못한 안개가

밤 바다 위로 드러누웠다

메리제인 구두

옛날 영화 속 서양 여자아이는 메리제인 구두를 신었다. 홍차에 마들렌을 찍어 먹는 어른처럼 발이 자라지 않는 여자아이를 떠올린다. 그 아이 콧등처럼 앞이 둥글고 나비 촉수처럼 날렵한 끈이 달렸던 빨간 구두를 기억한다. 한 번도 신어 본 적 없는 메리제인 구두는 너무 예뻤다고. 구두를 볼 때마다 화가 났다고. 구두 한 짝을 몰래 훔쳐 논두렁 옆 진흙탕에 처박아 버렸다고. 그날 밤 이불 속에 숨어 길고 긴 일기를 썼다고. 아무리 써도 일기는 끝이 나지 않았고 자꾸 손가락이 꺾였다고. 늙은 언니가 주름이 몰린 입가를 만지며 혼잣말을 한다. 꿈마다 구두 한 짝이 앞코가 까진 채 진흙탕 속에 누워 있어. 입을 벌리고 믿을 수 없다는 표정으로 나를 빤히 바라보고 있다니까. 흠흠, 가래를 삼키며 언니는 붉은 살이 부풀어오른 눈가를 훔친다. 발에 맞지 않는 구두를 신고 소풍을 다녀왔던 어느 해 봄날처럼 저녁 내내 나는 뒤꿈치가 아렸다.

출국

이제 가 보려구요
내가 얼마나 애쓰고 있는지 들키지 않으려구요

만나지 않고도 사랑할 수 있는 건
다행인지
불행인지

안녕, 하는 말은 비행기를 닮았어요
날렵하고 매끄러운 금속 같아요

언젠부턴가 사랑하는 사람들이 방방곡곡 병실에 누워
작별의 인사를 합니다

그러나 내가 없는 동안에도
사랑을 멈추지 말아요

우리는 이미 다정한 비밀을 나누어 가졌어요

물로 닦으면 숨은 글자가 드러나는 옛날 문서처럼

그것은 나의 출입국증명서에 은밀히 기록됩니다

이제 비행기를 타려구요
낡고 지친 마음은 들키지 않으려구요

몇 권째인지 모를 푸른 여권을 들고

당신이 잠든 사이
나는 다녀오겠습니다

작품 해설

여름 나라에서 보내는 편지

소유정(문학평론가)

과거를 쓰는 마음

시인에 대해 아는 것이 시에 대한 근본적인 이해와 연결되지는 않지만, 이 시집에 한해서라면 조금 다를 것 같다. 시가 품고 있는 뜨거운 습기와 짙은 향수가 어디서 기인하는지는 알게 될 테니 말이다. 시인이 상당히 구체적인 시선으로 인도네시아의 정취를 담아 내고, 쓸쓸한 마음을 내비칠 수 있던 까닭은 그가 이십여 년 전 자카르타로 이주해 살고 있기 때문이다. 하지만 채인숙의 시를 그저 이주민의 시선으로 바라본 이국이라 말하기에는 어려운 지점이 있다. 그간 이주민 문학에서 주목되어 온 건 혼종성, 경계성 등으로 구별되는 이주민의 주체적 특성에 따른 재현이었다. 모국을 떠나 낯선 나라에서 새로운 삶의 보금자리를 꾸려야만 하는 이들은 이주민이라는 신분에 따라 또는 성별에 따라 타국에 완전히 소속될 수 없었다. 그렇다고 해서 떠나온 모국에 충만한 소속감을 느끼기도 힘든 일이었다. 이처럼 모국과 타국의 경계를 맴도는 이주민이 중간자적 위치에서 겪는 내적 갈등과 타자와의 긴장 관계를 재현한 것이 이주민 문학의 한 갈래였다면, 채인숙의 시는 이에 정확하게 일치하지는 않는다. 물론 그의 시에서도 "이국 여자"라는 정체성 때문에 같은 여성 사이에서도 배제되었던 차별의 경험에 대해 넌지시 언급하는 시("여자들은 표준어를 쓰지 않고 같은 냄비를 주문하는 모임에 이국 여자를 초대하지 않는다", 「냉장고가 없는 야채 가게」)가 있기는 하나, 이것이 시집에서 느껴지는 주된 정서는 아니다. 채인숙의 시적 주체가 이주민으로서 감각하는 무언가는 지금 이 자리 — 시인이 이주민으로서 살아온 모든 시간이 축적된 자리 — 에서뿐만이 아니라, 오랜 시간을 경유해 도달한 결과다.

시적 주체가 머무르는 과거의 시간은 인도네시아라는 나라의 역사적 맥락 안에서부터 살펴야 할 것 같다. 이는 식민지 시대의 추체험적 기억을 공유하는 것이기도 하다. 예컨대 조선이 일본의 식민 지배를 받던 때, 인도네시아 역시 네덜란드의 식민 통치 아래에 있었다. 아니, 사실은 그보다 더 오래된 일이었다. 몇몇 시편에서 배경이 되는 “파타힐라 광장”이나(「그리운 바타비아 — 1945」), “천 개의 문”(「천 개의 문」)으로 일컬어지는 라왕세우는 가장 대표적인 식민의 상징이나 지금은 유명 관광지로 남아 있는 것들이다. 등단작인 「그리운 바타비아 — 1945」에서 시인은 자카르타의 옛 지명인 바타비아가 품고 있는 식민지의 기억과 사랑의 추억을 동시에 환기시키며 약 한 세기 전 전하지 못한 마음을 시로써 대신 전한다. “당신을 위해 나는 어떤 사람이어야 했는가를 생각”(「그리운 바타비아 — 1945」) 하며 “어떻게 사랑을 해도/ 목이 마르고/ 한꺼번에 지워지는 기억 같은 건 없다”(「밤의 항구 — 순다2」)는 말 등은 이주민 화자의 목소리를 통해 사무치는 감정으로 다가오는 한편, 정착민으로서 이방인을 바라보는 시선까지 담고 있어 더욱 깊이를 갖는다.

모국을 떠나 타향살이를 시작한 시인-주체가 체감하는 가장 큰 변화가 있다면 아마 계절에 대한 것이 아닐까? 시집의 제목이 그러하듯 새로운 삶의 보금자리가 된 나라에는 여름이 가도 또 여름이 올 테니 말이다. 여름이 가면 서늘한 가을이 오고, 곧이어 추운 겨울이 오고, 겨울을 보내고 나면 따뜻한 봄이 찾아오는 사계절의 흐름을 아는 우리로서는 익숙지 않은 일이다. 여름 안에서도 건기와 우기가 전부인 나라에서 지난한 여름을 보내는 일은 쉽게 가늠되지 않는다. 하지만 채인숙의 시가 ‘여름이 지속된다’가 아닌, “여름 가고 여름 온다”(「여름 가고 여름」)고 말하듯, 여름

다음에 또 다시 따라붙는 여름일지라도 이는 앞의 것과 같은 여름은 아닐 것이다. 삶은 지속되나 그 와중에 꽃이 피고 지듯, 여름과 여름 사이에는 작고 큰 변화들이 있다.

시체꽃이 피었다는 소식은 북쪽 섬에서 온다

몸이 썩어 문드러지는 냄새를 뿌리며
가장 화려한 생의 한때를 피워 내는
꽃의 운명을 생각한다

(……)

사람들은 어떤 죽음을 목도한 후에 비로소 어른이 되지만
삶이 아무런 감동 없이도 지속될 수 있다는 것에
번번이 놀란다

납작하게 익어 가는 열매를 따먹으며
우리는 이 도시에서 늙어 가겠지만

꽃은 제 심장을 어디에 감추어 두고 지려나

여름 가고 여름 온다

—「여름 가고 여름」 부분

일명 "시체꽃"이라 불리는 '타이탄 아룸(titan arum)'은 세계에서 가장 큰 꽃으로 알려져 있다. 인도네시아 수마트라 섬이 원산지인 이 꽃은 약 7~9년 동안 꽃을 피울 준비를 하며 개화한 이후에는 최대 48시간까지만 생명을 유지한다. 타이탄 아룸이 인간과 비슷한 온도(36.7℃)로, 지독한 시취를 풍기는 까닭은 어쩌면 당연히도 생존을 위해서다. 시취로 유인한 파리는 벌과 같은 역할을 해, 다음 생에도 꽃을 피우게 할 것이다. 이것이 "가장 화려한 생의 한때를 피워내는/ 꽃의 운명"이라면 조금 서글프다. 죽음의 냄새를 풍기는 일이 곧 강인한 생명의지와도 같다는 점에서도 그렇다. 역설적이나 그만큼 치열한 한 생명의 생존전략을 응시하며 화자는 그 안에서 계절을 보고, 인간의 삶을 본다. 인간은 어떤가. "사람들은 어떤 죽음을 목도한 후에 비로소 어른이 되지만" 그렇다고 해서 삶이 달라지지는 않는다. 죽음은 우리를 성장에 이르게 하지만, 삶은 "아무런 감동 없이도" 그저 "지속"된다. 삶과 죽음이 동일한 의미로 여겨졌던 꽃과는 다른 모습이다. 꽃의 죽음을 보았음에도 화자의 삶은 달라지지 않으며 여전히 지속될 것이다. 하지만 여름이 가고 다시 여름이 오는 그 사이, 다음 생을 기약하는 꽃의 "심장"은 어디로 갔을지 궁금해하며 삶과 죽음이 같은 무게인 존재에 대해 오래도록 생각하는 사람은 이전과 같다고 할 수 없을 것이다. 여름이 지나는 한가운데에서 계절 사이를, 삶과 죽음 사이를 감각하는 이가 있다.

이렇듯 떠나온 이의 고요한 눈에 담기는 이국의 풍경을 보고 있자면, 시적 주체의 자세가 꼭 나무와 같다고 느껴진다. "무언가를 오래 바라보는 것은 그것의 중심을 지키는 일"(「무인도 시퀀스」)이라는 서술이 나무의 자세와 일치하거니와 그러한 자세가 시에서 나무라는 시어의 직접적인 쓰임과 함께 보이기 때문이다. 독성이 있지만 번식력도 강해 그 주변에서는 어떤 생물도 살지 못한다는 "유파스나무"는 숲으로 돌아온 화가를 지키는 하나의 "거대한 그림자 덩어리"(「유파스나무 숲의 은둔자」)가 되며, 어린 아이가 죽으면 나무 안에 묻어 그 자체로 "어미"가 되고, 나무가 자라면 아이 또한 "어미"가 되듯 오랫동안 한 자리를 지키며 "살아본 적 없는 생"(「나무어미」)에 대한 기억까지 안고 있는 것이 나무라면, 이 시집의 시적 주체 역시 "살아본 적 없는" 과거의 시간을 경유해 현재의 시간까지 모두 바라보고 있다는 점에서 나무와 같다고 할 만하다.

"무언가를 오래 바라보는" 일이 단순한 응시를 넘어 다음에 닿기 위해서는 바람이 불어야 한다. "밀려오고/ 스러지는 것은" "바람의 일"(「해변의 모스크」)이라는 서술처럼 가지 사이를 넘나드는 바람만이 "보내지 못한 편지"(「격자무늬 창문」)의 전령이 될 수 있을 것이다. 습기 어린 바람을 타고 온 편지를 본다. 손에 밴 물기가 여름 나라의 날씨 때문인지 어떤 날의 눈물 때문인지는 알 수 없지만, 어느 쪽이라도 모두 잘 도착하였다.

시에 보내는 연서

이국의 도시에서 지난한 여름을 보내며 과거의 시간을 다시 쓴 작업이 1부의 시편들이었다면, 이때 두드러지는 정서는 아무래도 고독하고 쓸쓸한 것이었다. 화자가 불러낸 시간들은 그가 모두 경험한 시간만은 아닌, "살아본 적 없는 생"의 시간까지 포함하는 것이라 이 시들에는 명확한 대상이 없었다. "어떤 시절의 편지도 아직은 수신인 없음"(「아홉 개의 힌두사원으로 가는 숲」)이라는 구절처럼 허공으로 흩어지는 중얼거림에 가깝다. 이러한 경향은 2부와 3부로까지 이어진다. 2부와 3부의 시에서는 주로 '당신'이라고 지칭되는 대상이 있음에도 비슷한 양상을 보인다. 심지어 '나'와 '당신'이 연인 관계에 있다고 여겨지는데도 말이다. 가령 '나'는 "당신의 애인"이었다고 하나, 사실 '당신'은 "본 적도 만진 적도 없는"(「내가 당신의 애인이었을 때」) 사람이다. 심지어는 "아직도 애인의 이름을 모른다"(「까마귀가 나는 밀밭」)고 말하기에 '당신'은 "한 번도 불러보지 못한/ 이름"이다. 이름도 알지 못하고, 불러 본 적도 없이, 만난 적도 없이 사랑할 수 있는 대상은 누구일까? '당신'에 대해 아는 것은 하나도 없지만, 내가 당신을 사랑한다고는 분명히 말할 수 있는, 그러나 "끝내 말하지 못하는 마음"(「비인」)으로 채인숙 시의 화자는 홀로 이별을 견딘다. 이별의 과정 또한 쉽지 않다. 말하지 못했으나 "쩔쩔 끓는 마음"(「까마귀가 나는 밀밭」)이 그의 안에 고여 있었으므로, 한두 번의 슬픔으로 사그라지는 아픔이 아닌, 여러 번 겪어야 하는 이별인 것이다. 그런데 "똑같은 이별을 날마다 반복"하는 나날 속에서 이 "반복"이 "쓰려던 것과 써야 할 것들 사이에서" 발생한다는 사실은 채인숙의 시에서 사랑하는 '당신'이 단연 사람만을 대상으로 할 것이라는 고정관념을 깨뜨리는 지점이기도 하다. 특히나 3부의 중후반부에서는 '당신'이 시인-주체의 가장 오랜 사랑이라 할 수 있는 '시', 그 자체를 향해 있다고 느껴지는 시들이 더러 있는 까닭이다.

일 초도 남김없이 당신을 사랑하는 일에 청춘을 썼다 마지막 인사는 짧았고 후련했다 급히 도착한 버스 때문에 피우던 담뱃불을 비벼 끄듯 사랑은 끝났다 시인은 세상의 온갖 계획을 무너뜨리는 자였다고 플래너 노트에 기록해 두었다

구겨진 시들이 방 안을 뒹굴고 더러운 이불을 덮어 주던 별들의 눈두덩이 퉁퉁 부어올랐다
장미무늬 모포의 꽃잎이 한 송이씩 찌그러져 갔다

라디오 원고를 쓰는 밤의 일터로 날마다 출근하였다 원래 인생을 잘 설명해 왔다는 듯 원래 그런 노래를 즐겨 불러 왔다는 듯 오늘의 선곡에 맞추어 누명을 쓴 문장들이 전파를 탔다

집으로 돌아오는 버스 유리창에 머리를 쿵쿵 찧으며 똑같은 이별을 날마다 반복했다 쓰려던 것과 써야 할 것들 사이에서 사랑하던 것과 사랑해야 할 것들 사이에서

버스 밖으로 흰 눈발이 제멋대로 뒤엉키며 내렸다 빛이 사라지는 계절이 오자 이별하려는 것이 무엇인지 마침내 잊었다

—「굳바이, 시인」

청춘을 다 바칠 만큼 사랑의 시간은 길었지만, 이별의 순간은 짧다. 문제는 '당신'과 이별하는 순간은 찰나이나, 이별은 여전히 '나'에게 지속되는 사건이라는 사실이다. "시인은 세상의 온갖 계획을 무너뜨리는 자였다고" "기록"하는 '나'에게 이별의 상대는 얼핏 "시인"인 듯 보인다. 그러나 그와의 이별이 '나'에게 "구겨진 시"로 이어지는바, 엄밀히 말해 이 시의 화자와 이별한 것은 시일 것이다. 이별의 배경에는 어쩔 수 없는 현실의 삶이 있다. 시가 아닌 "라디오 원고"를 써야 하는 "밤의 일터로 날마다 출근"을

하였으며, "원래" 그렇다는 듯, 이게 '나'의 마음과 꼭 일치한다는 듯 "누명을 쓴 문장들"로 하루를 채우는 것이 '해야 하는' 일이었으니까. 때문에 "집으로 돌아오는 버스" 안에서 "똑같은 이별"이 매일 반복되는 건 시가 생활이 되지 못하는 탓이다. "쓰려던 것"과 "사랑하던 것"은 어김없이 시이나 "써야 할 것들"과 "사랑해야 할 것들"은 매일 밤의 "누명을 쓴 문장들"이었으므로. 이 시의 말미에서 화자는 "빛이 사라지는 계절이 오자 이별하려는 것이 무엇인지 마침내 잊었다"고 말한다. 긴 이별의 시간을 견뎌 이제는 그가 "사랑하던 것"을 모두 잊어버리게 된 걸까? 어쩌면 그 반대일 수도 있을 것 같다. 시를 모두 잊었다면, 이어지는 시들의 탄생도 없었을 테니까. "이별하려는 것이 무엇인지"도 잊을 만큼, 다시 "쓰려던 것"과 "사랑하던 것" 쪽으로 기울어진 사람이 여기 있다.

「곤바이, 시인」만이 아니라 시의 곁을 오래 맴돌거나 이별하려 하지만 결코 그러지 못하는 사람의 흔적은 시집 곳곳에 남아 있다. 「노산여인숙」은 앞의 시에서와 같이 이국의 풍경은 아니나 항구 도시의 짠 바람에 실어 보낸 시로, 시에 대한 열망을 품은 한 시인의 이야기를 담고 있다.

> 건너편 공원으로 오르는 긴 계단을 종일 바라보는 늙은 시인은 아직 제 이름이 적힌 시집을 갖지 못했다

시가 되지 못한 시를 곁눈질로 읽을 때마다
왼쪽 귀의 이명이 바다 쪽으로 흘러간다

어디에도 내 방은 없지만
마음 얹힐 일도 아니지

대문은 낡아 가고
담장은 무너지고
낮잠 속의 꿈이 밤까지 서럽다

한 번도 나를 궁금해하지 않는 너를 견디느라 한 계절이 지났다

—「노산여인숙」 부분

많은 사람이 오가는 항구 도시에 풍경 속에는 "돌을 나르던 사내들"이나 "주인 여자"도 있지만, 오래 시선이 머무르는 이는 "긴 계단"을 하염없이 바라보고 있는 "늙은 시인"이다. 그에게 "긴 계단"을 오르는 일처럼 여겨지는 것은 아직 갖지 못한 "제 이름이 적힌 시집"을 손에 쥐는 것일 테다. 알려진 적 없이, 읽어 주는 이 없이 혼자 쓰는 시는 "시가 되지 못한 시"와 같기에 시인은 제 시를 똑바로 보지도 못하고, 그저 "곁눈질"로 살필 뿐이다. 그럴 때면 파도처럼 부서지는 "왼쪽 귀의 이명"이 있다. 내내 안에 고여

있다가 간간이 바다의 물줄기에 스며드는 이 소리는 시에 대한 열렬한 사랑이리라. 그렇게 가끔 제 안에 고인 소리를 바깥으로 흘려보내며 시인은 작게나마 긍정해 본다. 여인숙에 머무는 처지와 시의 집은커녕 내줄 방 한 칸도 없이, "어디에도 내 방은 없지만" 그것이 "마음 얹힐 일도 아니"라고. '나'를 찾아올 리 만무한 "한 번도 나를 궁금해하지 않는 너"는 그가 그토록 바라는, 마침내 '시가 된 시'일 것이다.

이처럼 여러 시편에서 드러나는 시에 대한 열망으로 비추어 볼 때, 채인숙에게 시는 사랑해 마지않는 대상이나 언제나 자신이 다가가야만 하는 존재였을 것이다. 이것이 괴로워 이별하려고도 해봤지만, 이별마저도 좀처럼 쉽지 않고, 결국 시로 돌아갔던 것이 지난날의 기억이었을 테다. "낡고 지친 마음"(「출국」)을 안고, 그는 어디론가 떠난다. 머나먼 이국의 땅으로 다시 떠나려는 것일까? 4부의 시들이 보여주는 시간 역시 과거다. 하지만 이 과거의 시간은 시집 전반부에 그랬던 것처럼 이국의 도시가 품고 있는 역사에 대한 것은 아니다. 4부의 시들은 '살아본 적 없는 생'이 아닌, 이미 살아온 생을 되짚는다. 「1989」에서 말하듯 "부끄러움을 모르는 맹랑한 도둑년"이 되어 시집을 훔쳤던 대학 시절의 '나'로부터 시작해 시를 향한 '나'의 사랑의 역사를 거슬러 오른다. "나의 습작을 시(詩)라고 부를지도 모른다고"(「습작 일기」) 썼던 습작 일기와 자유롭고 날렵한 뱀의 몸을 보며 "나의 시는 언제쯤 그런 몸을 가질 수 있을까"(「사시」) 중얼거리던 이는 이 시집을 통해 구체적인 몸을 가진 시들을 우리에게 선보인다. 바람결에 적은 편지와 같고, 자리를 지키며 고요히 바라보는 나무 같고, 제 속을 보이지 않지만 길을 열어 주는 바다 같은 몸으로. 여름을 건너 우리에게 닿은 이 시들은 이제 더 이상 "누구에게도 읽히지 않는 시"가 아니기에 굳이 "희망"(「죽은 시인을 위한 낭독회」)을 노래하지 않아도 될 것 같다. 언제나 혼자였을 시이나 이제는 독자의 손에 함께인 시이므로, "주목나무 아래"에서 "혼자 낭독"하던 목소리에 하나둘 보태어지는 목소리를 기대해도 좋겠다.

지은이 채인숙
1971년 경남 통영군 사량도에서 태어나 삼천포에서 성장했다.
1999년 인도네시아로 이주했다. 2015년 오장환신인문학상에
「1945, 그리운 바타비아」 외 5편의 시가 당선되며 등단했다.

여름 가고 여름

1판 1쇄 찍음 2023년 4월 11일
1판 1쇄 펴냄 2023년 4월 21일

지은이 채인숙
발행인 박근섭, 박상준
펴낸곳 (주)민음사

출판등록 1966. 5. 19. (제16-490호)
서울특별시 강남구 도산대로1길 62(신사동)
강남출판문화센터 5층 (06027)
대표전화 02-515-2000 / 팩시밀리 02-515-2007
www.minumsa.com

ISBN 978-89-374-0933-2
978-89-374-0802-1 (세트)

민음의 시

민음의 시 목록

001 **전원시편** 고은
002 **멀리 뛰기** 신진
003 **춤꾼 이야기** 이윤택
004 **토마토 씨앗을 심은 후부터** 백미혜
005 **징조** 안수환
006 **반성** 김영승
007 **햄버거에 대한 명상** 장정일
008 **진흙소를 타고** 최승호
009 **보이지 않는 것의 그림자** 박이문
010 **강** 구광본
011 **아내의 잠** 박경석
012 **새벽편지** 정호승
013 **매장시편** 임동확
014 **새를 기다리며** 김수복
015 **내 젖은 구두 벗어 해에게 보여줄 때** 이문재
016 **길안에서의 택시잡기** 장정일
017 **우수의 이불을 덮고** 이기철
018 **느리고 무겁게 그리고 우울하게** 김영태
019 **아침책상** 최동호
020 **안개와 불** 하재봉
021 **누가 두꺼비집을 내려놨나** 장경린
022 **흙은 사각형의 기억을 갖고 있다** 송찬호
023 **물 위를 걷는 자, 물 밑을 걷는 자** 주창윤
024 **땅의 뿌리 그 깊은 속** 배진성
025 **잘 가라 내 청춘** 이상희
026 **장마는 아이들을 눈뜨게 하고** 정화진
027 **불란서 영화처럼** 전연옥
028 **얼굴 없는 사람과의 약속** 정한용
029 **깊은 곳에 그물을** 남진우
030 **지금 남은 자들의 골짜기엔** 고진하
031 **살아 있는 날들의 비망록** 임동확
032 **검은 소에 관한 기억** 채성병
033 **산정묘지** 조정권
034 **신은 망했다** 이갑수
035 **꽃은 푸른 빛을 피하고** 박재삼
036 **침엽수림에서** 엄원태
037 **숨은 사내** 박기영
038 **땅은 주검을 호락호락 받아 주지 않는다** 조은
039 **낯선 길에 묻다** 성석제
040 **404호** 김혜수
041 **이 강산 녹음 방초** 박종해
042 **뿔** 문인수
043 **두 힘이 숲을 설레게 한다** 손진은
044 **황금 연못** 장옥관
045 **밤에 용서라는 말을 들었다** 이진명
046 **홀로 등불을 상처 위에 켜다** 윤후명
047 **고래는 명상가** 김영태
048 **당나귀의 꿈** 권대웅
049 **까마귀** 김재석
050 **늙은 퇴폐** 이승욱
051 **색동 단풍숲을 노래하라** 김영무
052 **산책시편** 이문재
053 **입국** 사이토우 마리코
054 **저녁의 첼로** 최계선
055 **6은 나무 7은 돌고래** 박상순
056 **세상의 모든 저녁** 유하
057 **산화가** 노혜봉
058 **여우를 살리기 위해** 이학성
059 **현대적** 이갑수
060 **황천반점** 윤제림
061 **몸나무의 추억** 박진형
062 **푸른 비상구** 이희중
063 **님시편** 하종오
064 **비밀을 사랑한 이유** 정은숙
065 **고요한 동백을 품은 바다가 있다** 정화진
066 **내 귓속의 장대나무 숲** 최정례
067 **바퀴소리를 듣는다** 장옥관
068 **참 이상한 상형문자** 이승욱
069 **열하를 향하여** 이기철
070 **발전소** 하재봉
071 **화염길** 박찬
072 **딱따구리는 어디에 숨어 있는가** 최동호
073 **서랍 속의 여자** 박지영
074 **가끔 중세를 꿈꾼다** 전대호
075 **로큰롤 해븐** 김태형
076 **에로스의 반지** 백미혜
077 **남자를 위하여** 문정희
078 **그가 내 얼굴을 만지네** 송재학
079 **검은 암소의 천국** 성석제
080 **그곳이 멀지 않다** 나희덕
081 **고요한 입술** 송종규
082 **오래 비어 있는 길** 전동균

256 **사람을 사랑해도 될까** 손미
257 **사과 얼마예요** 조정인
258 **눈 속의 구조대** 장정일
259 **아무는 밤** 김안
260 **사랑과 교육** 송승언
261 **밤이 계속될 거야** 신동옥
262 **간절함** 신달자
263 **양방향** 김유림
264 **어디서부터 오는 비인가요** 윤의섭
265 **나를 참으면 다만 내가 되는 걸까** 김성대
266 **이해할 차례이다** 권박
267 **7초간의 포옹** 신현림
268 **밤과 꿈의 뉘앙스** 박은정
269 **디자인하우스 센텐스** 함기석
270 **진짜 같은 마음** 이서하
271 **숲의 소실점을 향해** 양안다
272 **아가씨와 빵** 심민아
273 **한 사람의 불확실** 오은경
274 **우리의 초능력은 우는 일이 전부라고 생각해** 윤종욱
275 **작가의 탄생** 유진목
276 **방금 기이한 새소리를 들었다** 김지녀
277 **감히 슬프지 않을 수 있겠습니까?** 여태천
278 **내 몸을 입으시겠어요?** 조명
279 **그 웃음을 나도 좋아해** 이기리
280 **중세를 적다** 홍일표
281 **우리가 동시에 여기 있다는 소문** 김미령
282 **써칭 포 캔디맨** 송기영
283 **재와 사랑의 미래** 김연덕
284 **완벽한 개업 축하 시** 강보원
285 **백지에게** 김언
286 **재의 얼굴로 지나가다** 오정국
287 **커다란 하양으로** 강정
288 **여름 상설 공연** 박은지
289 **좋아하는 것들을 죽여 가면서** 임정민
290 **줄무늬 비닐 커튼** 채호기
291 **영원 아래서 잠시** 이기철
292 **다만 보라를 듣다** 강기원
293 **라흐 뒤 프루콩 드 네주 말하자면 눈송이의 예술** 박정대
294 **나랑 하고 시픈게 뭐에여?** 최재원
295 **해바라기밭의 리토르넬로** 최문자
296 **꿈을 꾸지 않기로 했고 그렇게 되었다** 권민경
297 **이건 우리만의 비밀이지?** 강지혜
298 **몸과 마음을 산뜻하게** 정재율
299 **오늘은 좀 추운 사랑도 좋아** 문정희
300 **눈 내리는 체육관** 조혜은
301 **가벼운 선물** 조해주
302 **자막과 입을 맞추는 영혼** 김준현
303 **당신은 오늘도 커다랗게 입을 찢으며 웃고 있습** 신성희
304 **소공포** 배시은
305 **월드** 김종연
306 **돌을 쥐려는 사람에게** 김석영
307 **빛의 체인** 전수오
308 **당신의 세계는 아직도 바다와 빗소리와 작약을 취급하는지** 김경미
309 **검은 머리 짐승 사전** 신이인
310 **세컨드핸드** 조용우
311 **전쟁과 평화가 있는 내 부엌** 신달자
312 **조금 전의 심장** 홍일표
313 **여름 가고 여름** 채인숙